句集

告白

瀬戸優理子

Parade Books

句集　告白　もくじ

章扉写真撮影――――瀬戸優理子
プロフィール写真撮影―中井千晶

Ⅰ　瞬きもせず

海の日の海の遠くで干す水着

飛び乗れば臨時列車となる夏野
夏の浜すとんと脱げる服を着て

夏シャツの乳房で伸ばす畳み皺

手花火やキッスのように分け合う火

奇形の椅子ぽつんとありぬ夏の底

かろうじてにんげんでいる風鈴売

泣きそうになるたび開ける冷蔵庫

初恋の続き真夏の一本道

夕端居おへそきれいにしたかしら
ここたぶん来世蛍籠開いて

さよならの形にへこむ夏帽子

秋暑し瞬きもせず兎の目

秋茄子を割れば放心の白さ

十六夜の枕どこまでも沈む

月青し悲鳴閉じ込める日記

目鼻立ちなくしてきれい水蜜桃

桃の皮垂れて忘れる誕生日

星飛べり猫目の月を横切って

銀漢やあっけらかんと失恋す

星涼し呼吸はみんな違うリズム

象消えて象使い消え夕花野

がらんどうの奥へ奥へと秋の旅

空洞を宿すパンなり黄落す

抜け殻は私かとっくりセーターか

小春日の水切りかごに立つナイフ

凍蝶や紙切れほどの殺気あり

ふゆごもり口溶けの良い菓子摘む
コンビニの梅粥ひとりで治す風邪

雪の予報伝える父の置き手紙
冷えきった首を差し出す葱一本

水鳥や抱きしめ方がわからない

溺愛の果新月の雪うさぎ

煮凝を崩しそろそろ本題へ

すぐ折れる氷柱折られても尖る

うたた寝の象立ち上がる冬日向

去年今年すわり心地の違う椅子

向かい合う鏡に冴ゆる我は誰
覗き込む葉牡丹の渦うずうず渦

さよならをなめらかに言うのどぼとけ
無防備なやさしさもらう春の雪

あなたの名ばらばらにして春の雪
春眠の枕のへこみ夢の重み

抱き枕春三日月とすり替わる

悪そうな猫が店番古物店

身軽さをためらう五体土匂う
気を抜くと告白になる夕櫻

朧夜の背中のファスナー引っかかる

絶版の恋物語椿落つ

つぎつぎと蝶の生まれる窪地かな
花の種さらさらと夜を通過する

Ⅱ　産道

摘草の手足汚れたまま眠る

芹噛んで透きとおる声賢治読む

夫追ってどきんどきんと春の水

春の河馬いつも以上にうわの空

初蝶や胎の子の性告げられて

濡れ髪に分け目を探す花疲れ
人形の肉付き密か春の宵

蛇穴を出て産道の開きゆく
血管をひんやり陣痛促進剤

子を産みし傷に縫い目や春灯

さくらさくら想うだけで満ち足りる

皿沈む水のゆらめき春愁い

揚げ物の匂いの路地に恋の猫

さえずりを浴びた草なり笛を編む

待合室みんな知り合い梅雨晴間

梅雨寒のポストの口に触れて去る

父の日の困った顔の似合う父

特別な意味を持たない薔薇を買う
花莫蓙に写し取られし蒙古斑

夫いない夜揺れている冷奴

夜濯の結婚指環泡立ちぬ

切り傷に獣の匂い罌粟の花

沈黙のほとりぶらつく蛇がいる

遥かより遥かを結ぶ夏野原
乳の香を洗い流している晩夏

みどりごのゆびをはみだす茄子の馬

生ゴミに秋刀魚の頭晩婚なり

立待やかばんの闇をまさぐりぬ

天の川いのち優しく手洗いす

鳴ると思う電話の鳴りぬ十三夜

台風の目の中磨き上げる靴

晩秋のホテル氷が溶けた水
水を出て一糸纏わぬ新豆腐

月涼し米研いだ手で夫抱く

林檎磨く赤子のお尻拭くように

秋桜つられて笑う記念写真
鬼薊人恋しさに濡れている

落としても割れない食器星月夜

十六夜の光の櫛で髪を梳く

きりすとが小首傾げる青蜜柑

流星を集めて閉じる薬箱

ギイギイと擦りあう胸霜の夜

思想犯かくまっている冬木立

これ産んだ気がする寒卵揺らす

やいゆえよ雪虫舞えば子も舞いぬ

誰よりも燃えて人参の切り口

スカートが翻らない冬深し

分身として白鳥を抜け出しぬ
天命を拝受ダイヤモンドダスト

覚悟とは雪の深さに沈む脚
汚れなく冬天シースルーエレベーター

Ⅲ　海鳴り残る

シリウスを心臓として生まれけり

白息をゆたかに吐きぬ鬼ごっこ

泣き黒子ひとつ加えて冬あたたか

産み終えて海鳴り残る冬至の湯

白鳥や解答欄に降り立ちぬ

道を説き湯豆腐掬う手首太し

着ぶくれの純愛どこか焦げている

うずくまる獣となって脱ぐセーター

如月の受話器に当たる耳の骨

添い寝して吹雪の音を閉じ込める
酢の匂いこんもりと立つ恵方かな

山笑う舌足らずな子の説明

くろずんだ優しさ洗う春の雨

背伸びしてスリッパ脱げる春一番

ぶらんこを降りて都会へ行く少女

春の戸を叩くのっぽのいちげんさん
マクドナルドに春愁を持ち込めず

桜餅大人になるってこんなもの

たんぽぽの綿毛飛び出す回覧板

うきうきと鍋から上がるほうれん草

チューリップ出てくるはずの鉢覗く

誕生会皿いっぱいに敷くレタス

片手から始めるピアノ鼓草

夏空や画用紙の端反り返る

手つかずの夏水筒をぶら下げて

風光る宅配車から海の曲
夏シャツやあの頃と言う不良っぽさ

鰻屋の二階に美談・武勇伝

ぽんぽんだりあ太陽が黒くなる

滴りや深爪の指しくしくす

夫は他人顔の半分サングラス

夏休み鍋から汲んで飲む牛乳

夫けなす私と義母の胡瓜揉み

哲学のとぼけた言葉塩トマト
眠らせる子のいない夜ねむり草

隠元をさっと湯通し復活愛

旋毛よりしゅんしゅん秋思湧いて消え

約束とあえて言わなくても秋桜

肩紐が滑りたがるよ十三夜

刺激して蛍袋となる細胞
癖字から菌むくむく生えてくる

大鍋の小さな取っ手秋祭り

秋茄子の曲がったやつを父に焼く

小春日の茶柱先生から手紙

餡まとう餅菓子つらら日和かな

おおかみの駆け抜けた風うるう秒

読初や大和言葉へ漕ぎ出しぬ

Ⅳ　伝書鳩

鳥引くや手錠のように腕時計

春の日の汚れた水をこぼす家

糸電話糸が緩んで春の雪

限界集落雛飾る四畳半
天国にいちばん近い雛の間

三・一一安全ピンで留める花

おぼろ夜のしまい忘れし梯子かな

その男推定無罪春の雷

原発に遠く春菊茹で上がる

椿散る貴族没落するように
地球儀を西へ廻して卒業す

野火放つ少年Aの変声期

永き日のピカソの青に浸かる四肢

春休みあくびに侵されるからだ
葬送のぎっしりの眼や飛花落花

途中から遺書めく手紙リラの雨

陽炎の檻抜け落ちた鳥の羽根

南進しみずいろの伝書鳩放つ
なんじゃもんじゃたぶん新型のうつ病

水無月の固くて外れないボタン

昼寝の象鼻長くなる夢を見る

遠花火ぽかんぽかんと舟を漕ぐ

来るはずのない人の影ソーダ水

一族にはみださず居る夏座敷

沈黙の黒点増やしゆくバナナ

夏痩せし男の肩幅を愛す

唐黍のまだらな焦げ目戦争論

秋涼し海の匂いの瓶洗う

探し物から始まりぬ秋の旅

銀漢や智慧湧く音を立てるペン

買ってすぐ壊れるおもちゃ夕焼雲

野分あと骨きしませて背は伸びる
秋の夕暮れトランプを切る速さ

月の出や枢にゆるやかな浮力

本籍を花野にしたい人の列

笑いながら母が芒となっていく
天の川バランスボールにある宇宙

語り部の肩に眠っている狐

木枯らしの味のバーボンを下さい

まっとうな道をはずれて大花野
パンちぎるようにテレビが語るテロ

一輪の花びら一枚欠け立冬

凍鶴やたった一人に向き合えず

本人は知らない余命浮寝鳥
雪明りこなごなにして飲む薬

握るもの失くし指の股冴える

蜜柑買いすぎ愛しさという病

V　明日のパン

銀河よりこぼれ落ちたる鍵の束

覚め際に馬の嘶き春の雪
とろ火に鍋頬杖に頬やわらかし

おぼろ夜の呼吸合わせる鍵と穴

羊水を満たした記憶春満月

春一番駅に立つ場所変えてみる
ランドセル走る桜前線より速く

春の夜のノイズの多い映画館

枝道のまた枝分かれ花曇

春あけぼのドレッシングはよく振って

手違いで届く二玉春キャベツ

春の服ひらひらさせる導火線

春泥を上手に跳んだ通知表

食卓で書く蛙の詩死なない詩
こどもの日皿のごはんに旗を立て

蜘蛛の糸丑三つ時を仮縫いす

頬張った孤独吐き出す青嵐

睡蓮のまどろみアダムとイブになる

開けるまで匂い忘れし香水瓶

洗い髪ホテルのタオルよそよそし
夏の月脱皮直後の目のように

白玉やほたほたこぼれゆく決意

戦争のあたりぷらぷら海月浮く

おそろしい新聞ひろげ真桑瓜

フロイトと対話麦茶を煮出す鍋

息継ぎもせず千切りになるキャベツ

夕暮れやそろばん塾の声涼し

泳ぎ出て瞳に黒さ増す子ども

雲の峰二の腕黒き鉄筋工

本当は散りたいときも水中花
網戸抜け荒地を抜けて転生す

知床の晩夏号泣する鯨

それぞれの門をくぐりて夏の果

いわし雲図書館深く眠る本
手で磨く林檎原罪消すように

冬瓜の透きとおるまで夫忘る

馬鈴薯の泥洗う指徐々に意志

腸を抜いた秋刀魚や十年愛
間違えないで好きなのは金木犀

もう一度生まれる前に桃となる
柘榴の実だんだん図々しく候

頭悪そうに茸が浮かぶ汁

法螺吹きの歯型をつけて柿を食う

無愛想をゆったり蒸かせ猫じゃらし

透明な人と恋する水蜜桃

あいまいに握り返す手日短

胎内を分け入ればあたらしい雪

凍土貫く短銃のせつなき音
夫無口余談のように葱刻む

さあかすの象は年寄り冬の虹

冬の蝶きのうおととい千年前

軍艦の破片も浮かぶ冬銀河
凍星やラジオの音の飛び飛びに

粉雪のように米舞う中華鍋
仲直りしたくておでん温める

別れ難し缶コーヒーに暖を取る
皿汚し愛に無口なクリスマス

日記買う同じ袋に明日のパン
その先は言葉を継がぬ牡丹雪

あとがき

句会に誘われ、初めて「俳句らしきもの」を詠んでから早二十年。当時は、こんなに長く深い付き合いになるとは思っていませんでした。それが今、自分の句集を編んで形にしようとしているのだから、人生何が起こるかわからず、わくわくします。たとえ、ときに辛く悲しいことに遭遇するとしても。

大学卒業後、希望していた編集者の職に就くことができ、仕事に恋にと忙しかった俳句入門の頃。句作や句会の面白さに惹かれつつも、当時は俳句よりも楽しいことが盛りだくさんで、熱心に意識的に俳句を詠むことはしていませんでした。俳句について特別に学んだり、師に就いて指導を受けたりといったこともなく、今思うと少しもったいなかったなと思うこともあります。当時は、「文芸」としての俳句よりも、現実世界の出来事に対する「カタルシス」として作用する俳句という存在のほうが、私にとっては重要だったのです。

精一杯悩んだり、喜んだり、涙したりの日々の中で、私のからだを通過し濾過された「想いのしずく」。季節の風景の中にそれを溶け込ませ、十七文字に書き記すという行為が生む「かけがえのない言葉」に愛着があったからこそ、細々とでも俳句とつながっていけたのだと思います。

転機は三十歳の時に訪れました。結婚し、仕事を辞め、生まれ育った東京を離れて北海道へ移ることに。慣れない土地での子育て、知る人・頼る人の少ない生活の中で、心の拠り所や密やかな遊び場となってくれたのが俳句だったのです。この十五年、二人の男の子に恵まれた一方で、両親の死という大きな別れもありました。人生の大きな節目と共に、私と俳句との距離も近づいていったような気がします。

五七五のリズムの中に身を沈め、自分の「今・ここ」を確かめる時間。妻でもなく、母でもなく、娘でもなく、「私自身」という「ささやかな表現者」になって紡ぐ言葉は、実人生の反芻だけでなく、いつかたどり着きたい「美しい理想郷」を覗き見る行為にもつながっています。

もうひとつ、北海道の大自然の中に身を置いたことも、俳句を近しいものにしてくれました。季節ごとにくっきりと表情を変える雄大な風景。空と土と風を近くに感じ、地産地消の新鮮な食べ物を口にする生活をする中で、詩の言葉としての季語をからだを通して感じることができるようになっていったように思います（北海道の季節感は一般的な「歳時記」とはズレがあり、戸惑うことも多々でしたが、それもまた楽しい発見でした）。

句集には『告白』とタイトルを付けましたが、本来は、想いを口に出して伝えるのは苦手。苦手というか気恥ずかしいのです。「気を抜くと告白になる夕櫻」。そうならないように、慎重に生きているのがリアルな私で、俳句を書くときは、すこし自由になります。自由になるぶん、思わず告白になっている部分も多々あるかもしれません。それを発見するのが、また楽しい。そんな繰り返しで俳句を詠み続けています。

二十年の間に、いくらか俳句と仲良くなれたとはいえ、たどり着きたい「理想郷」は、まだ遥か遠くに霞んでいます。句集は完成したとしても、「未完」の思いはいっぱい。これからも、自身のからだを存分に使って「想いのしずく」を絞り出し、俳句作品に結実する体験を繰り返しながら、前に進んでいけたらと思っています。

最後になりましたが、このたびの句集刊行にあたり、お世話になりましたパレードブックスの下牧しゅう様、温かく抱きしめてくださるような帯文を頂戴した岸本マチ子先生に心より御礼申し上げます。そして、俳句を書く力をくれる句友の皆さんと家族の存在に、感謝を捧げます。

二〇一七年八月

瀬戸　優理子

著者略歴

瀬戸優理子（せと ゆりこ）

本名・武田優理子

1972年 東京都生まれ、北海道在住。
1997年「橋」（現在終刊）の句会にて俳句と出会う。
現在「WA」「蘖通信句会」に参加。
2014年 第14回中北海道現代俳句賞受賞。
2015年 第33回現代俳句新人賞受賞。
南幌町教育文化奨励賞受賞。
現代俳句協会会員。北海道俳句協会会員。

ブログ：癒詩空間 http://iyasi355.blog.fc2.com/

句集　告白

2017年8月11日　第1刷発行
2017年9月6日　第2刷発行

著　者　瀬戸優理子《せとゆりこ》

発行者　太田宏司郎
発行所　株式会社パレード
大阪本社　〒530-0043　大阪府大阪市北区天満2-7-12
TEL 06-6351-0740　FAX 06-6356-8129
東京支社　〒150-0021　東京都渋谷区恵比寿西1-19-6-6F
TEL 03-5456-9677　FAX 03-5456-9678
http://books.parade.co.jp
発売所　株式会社星雲社
〒112-0005　東京都文京区水道1-3-30
TEL 03-3868-3275　FAX 03-3868-6588
装　幀　中道陽平（PARADE Inc.）
印刷所　創栄図書印刷株式会社

ISBN 978-4-434-23632-7　C0092